Håkan Nesser · Die Wahrheit über Kim Novak

Håkan Nesser

Die Wahrheit über Kim Novak

und den Mord an Bertil Albertsson

Aus dem Schwedischen
von Christel Hildebrandt

btb

Die schwedische Originalausgabe erschien 2008
unter dem Titel »Sanningen i fallet Bertil Albertsson?«
bei Albert Bonniers, Stockholm.

FSC
www.fsc.org
MIX
Papier aus verantwortungsvollen Quellen
FSC® C014889

Verlagsgruppe Random House FSC-DEU-0100
Das für dieses Buch verwendete
FSC®-zertifizierte Papier *Munken Premium*
liefert Arctic Paper Munkedals AB, Schweden.

2. Auflage

Satz: DTP im Verlag
Druck und Einband: Friedrich Pustet KG, Regensburg
Printed in Germany
ISBN 978-3-442-75291-1

www.btb-verlag.de

Unter Mitwirkung von:
Anja Kaludis, Gertrud Moddis
Eugen G. Brahms und Erik Wassman

Einleitende Bemerkungen

von Håkan Nesser

Mein Buch *Kim Novak badete nie im See von Genezareth* kam in meiner Heimat Schweden im Frühling 1998 heraus, fünf Jahre später war es auch in Deutschland so weit. Es erhielt von den meisten Rezensenten gute Besprechungen, einige lobten es über den grünen Klee, nannten es einen kommenden Klassiker, andere waren gemäßigter, mussten jedoch ebenfalls anerkennen, dass es sich um einen Pubertätsroman handelte, der darauf hindeutete, dass der Autor eine Hand fürs Erzählen habe.

Dass es außerdem um einen rätselhaften Mordfall ging, wurde natürlich auch bemerkt, viele waren der Meinung, dass der Mord an sich unnötig gewesen sei (wobei ich der Erste bin, der ihnen da zustimmt, Mord ist in den meisten Fällen unnötig, gehört aber leider in die sogenannte Wirklichkeit) – Berra Albertssons brutales Dahinscheiden störe in gewisser Weise die Erzählung, wie sie meinten. Andere Kritiker fanden, das Buch habe sozusagen mitten in der Erzählung das Genre gewechselt, als es plötzlich zum »SCHRECKLICHEN« kam.

Wieder andere, die das Buch in Tageszeitungen und anderswo rezensierten, meinten zu erahnen, dass reale Ereignisse den Hintergrund abgegeben hätten, dass der Mord am unsympathischen Handballstar tatsächlich stattgefunden hätte – wenn auch in einem anderen Milieu und unter anderen Umständen. Schon früh wurde ich genau danach gefragt: inwieweit mein Buch auf einer wahren Geschichte beruhe, und ich verneinte dies immer entschieden.

Nun sind zehn Jahre vergangen, und es ist an der Zeit, den Schleier zu lüften und zuzugeben, dass letztgenannte Kritiker (so viele waren es nun auch wieder nicht, aber auf jeden Fall mehr als drei) den Nagel mehr oder weniger auf den Kopf getroffen haben. Das Buch ist auf einem authentischen Mordfall aufgebaut, aber aus verschiedenen

Gründen habe ich mich – bis zum heutigen Tag – gezwungen gesehen, diese Tatsache zu leugnen. Aus den gleichen Gründen habe ich mich damals auch beharrlich geweigert, im Buch selbst zu sagen, wer letztendlich der Mörder gewesen sein musste – einfach um die Beteiligten zu schützen. Als ich in diesen frühen Tagen am Manuskript arbeitete, die Fakten zusammentrug und mit den Menschen sprach, die auf unterschiedliche Weise in den Fall verwickelt waren, trafen wir eine Vereinbarung. Das war die Voraussetzung für das Ganze. Zwar war das Verbrechen bereits damals (Mitte der Neunzigerjahre) verjährt, aber für bestimmte moralische und ethische Fragen beziehungsweise Überlegungen gibt es keine Verjährung.

Früh schon habe ich erklärt, dass ich den Mörder offenlegen würde, sobald zehn Jahre nach der erstmaligen Publikation des Buches vergangen sein sollten. Ich habe nicht genau nachgezählt, aber ich denke, dass ich in dieser Sache über zweitausend Anfragen bekommen habe, brieflich oder per E-Mail. Wann immer ich als Autor in Schweden oder anderswo auftrat, tauchte fast regelmäßig diese Frage auf, auch wenn ganz andere Bücher im Mittelpunkt standen. Wer war es, wer hat es getan? Wer war derjenige, der Kanonen-Berra mit dem Vorschlaghammer den Schädel eingeschlagen hat? Beharrlich habe ich mich geweigert, darauf zu antworten. Meine Frau hat gedrängelt, meine Kinder haben gequengelt, aber nicht eine Sekunde bin ich schwach geworden.

Da das Buch auf einer wahren Begebenheit beruht, gibt es einen realen Mörder. Alle Namen im Buch sind fingiert, ebenso gewisse Orte und gewisse Zeitpunkte. Der Erzähler im Buch, Erik Wassman, heißt in Wirklichkeit ganz anders (er ist immer noch am Leben, ich werde später darauf zurückkommen), Ewa Kaludis hat (hatte) in Wirklichkeit einen anderen Namen, ebenso Edmund Wester, Arsch-Enok, und all die anderen. Der See von Genezareth heißt nicht Möckeln, und ich denke gar nicht daran zu verraten, wo er wirklich liegt, nicht einmal heute.

Aber ich denke durchaus daran offenzulegen, wie es um die Mordfrage selbst bestellt ist – soweit es sich im Rahmen des Romans bewegt –, das habe ich den Lesern versprochen, und Versprechen muss man halten. Bislang hatte ich nie erwartet, dass es größere Komplikationen wegen dieser Enthüllung geben könnte, aber in letzter Zeit hat sich die Lage leider komplizierter entwickelt als gedacht. Ich hoffe, dass im Folgenden deutlich werden wird, auf welche Art und Weise.

Das Einzige, was ich in so einer Situation tun kann, ist natürlich, die Karten auf den Tisch zu legen – alle Fakten und Indizien preiszugeben –, und zwar so ehrlich und gewissenhaft, wie ich nur kann. Es lag nicht in meiner Absicht – aber aufgrund der neuen Umstände, die sich ergeben haben, befinde ich mich ungefähr in der gleichen Situation wie die Leser dieses Buches: Ich muss abwägen und Schlüsse ziehen, ich muss eine Entscheidung treffen – urteilen, wenn man so will –, was ich dann letztendlich im Schlussteil dieses Textes auch tun werde.

Möglicherweise hat es den Anschein, dass ich meine Hände in Unschuld wasche, aber welche Wege stehen mir denn sonst noch offen? Ich bin nur ein einfacher Autor, und Morde sind schmutzige Angelegenheiten – um nicht zu sagen: blutige. So ist es nun einmal, das musste bereits Odysseus feststellen, als er vor mehr als zweieinhalbtausend Jahren versuchte, seine blutbefleckten Hände im ewig fließenden Meerwasser zu reinigen.

Ein paar statistische Angaben zum Schluss, bevor wir weitermachen. *Kim Novak badete nie im See von Genezareth* hat sich in Schweden bislang 300 000-mal verkauft (in Deutschland sieht es ganz ähnlich aus) und ist von mindestens einem Viertel aller Schüler gelesen worden, die nach dem Jahr 2000 das Gymnasium verlassen haben. Von all den Menschen, die darüber rätselten, wer wohl der Mörder darin war, halten etwa vierzig Prozent Erik Wassman für den Täter, und ungefähr genauso viele entscheiden sich für Edmund Wester. Die restlichen zwanzig Prozent verteilen sich gleichmäßig auf Henry Wassman und Ewa Kaludis, nur rund zwei Prozent tippen auf jemanden, der nicht zu diesem Quartett gehört. Ein Leser in Hafnarfjördur auf Island schlug vor, dass Berra Albertsson es geschafft hat, sich selbst die Autotür so fest an den Kopf zu schlagen, dass sie sein Schicksal wurde, und dass überhaupt kein Vorschlaghammer eine Rolle gespielt hat.

Wie war es nun wirklich – in der Realität?

Es ist meine Hoffnung, dass jeder Leser in diesem Büchlein letztendlich seine eigene Antwort auf diese Frage finden wird.

Brief von Anja Kaludis

Dieser Brief wurde am 15. April 2008 in Vilnius, Litauen, abgeschickt, adressiert an den Albert-Bonniers-Verlag in Stockholm, von wo aus er an den eigentlichen Adressaten Håkan Nesser an dessen Adresse in New York weitergeleitet wurde. Dort kam er am 23. April an, übrigens der Todestag sowohl von William Shakespeare als auch von Miguel Cervantes und seit vielen Jahren der Weltbuchtag. Einige Namen sind von der Briefschreiberin selbst verändert worden.

Hochverehrter Herr Schriftsteller Nesser!

Mein Name ist Anja Kaludis. Ich bin die Schwester von Ewa Kaludis, die in Ihrem Roman mit dem Titel *Kim Novak badete nie im See von Genezareth* von 1998 eine Rolle spielt. Meine Schwester und ich sind 1952 in einem einfachen Fischerboot nach Schweden gekommen, was Sie Ewa ja auch im Buch berichten lassen. Unsere Eltern sind auf der anderen Seite der Ostsee geblieben, weder ich noch Ewa haben sie jemals wiedergesehen. Aufgrund verschiedener Umstände sind Ewa und ich an unterschiedlichen Orten in Schweden aufgewachsen, wir hatten nur wenig Kontakt zueinander. Ich bin in einem kleinen, unscheinbaren Ort in Norrbotten gelandet, wo ich – mit wenigen Ausnahmen – alle meine Jahre in Schweden verbracht habe. Ewa landete in Mittelschweden, und sie führte dort ein sehr viel abwechslungsreicheres Leben als ich. Im Laufe all dieser Zeit führten wir keinen besonders regen Briefwechsel, es ist traurig, das einzugestehen, aber wir standen uns nie besonders nahe – nicht in unserer Kindheit und auch nicht, nachdem wir das Heimatland gewechselt hatten.

1997 zog ich zusammen mit meinem Mann nach Estland (ein weiteres baltisches Land, das durch die launische Wechselhaftigkeit der Geschichte befreit wurde) und später zurück in mein Heimatland Litauen. Ich glaube, Ewa und ich, wir haben uns während meiner fünfundvierzig Jahre in Schweden nicht häufiger als vier oder fünf Mal getroffen. Das letzte Mal nur wenige Monate, bevor ich das Land verließ, wir sahen uns in Göteborg, und bei dieser Gelegenheit lernte ich auch ihren damaligen Lebensgefährten, Erik Wassman, kennen. Ihr Buch war zu diesem Zeitpunkt noch nicht erschienen, aber sie waren beide von Ihnen interviewt worden, und sie haben mir einiges erzählt, sowohl über die anstehende Publikation als auch über die Ereignisse am See von Genezareth

Anfang der Sechzigerjahre. Es war das erste Mal, dass ich davon hörte.

Es war Mitte Oktober, der erste Herbststurm hatte die Westküste heimgesucht, und Erik Wassman hatte eine Erkältung oder sogar eine Grippe gepackt; er ging frühzeitig zu Bett, während meine Schwester und ich diverse Nachtstunden am Küchentisch verbrachten, Tee tranken und uns unterhielten. Und diese Unterhaltung ist der Grund, warum ich Ihnen schreibe. Ich habe erfahren, dass Sie im kommenden Jahr aufdecken wollen, wer Bertil Albertssons Mörder war, und es erscheint mir deshalb wichtig, dass Sie im Besitz aller Informationen sind, damit nicht aus irrigen Gründen der Falsche an den Pranger gestellt wird. Meine Schwester ist jetzt seit acht Jahren tot und kann also nichts mehr zu dem Geschehen sagen. Wo Erik Wassman sich befindet und ob er noch am Leben ist, davon habe ich nicht die geringste Ahnung. Ich glaube, er ist kurz nach Ewas Dahinscheiden ins Ausland gegangen.

Meine Schwester hat mir erklärt – laut meinen Tagebuchaufzeichnungen geschah das in der Nacht vom 17. auf den 18. Oktober –, dass der Autor des Buches, d. h. Sie selbst, die Absicht verfolgen würde, die Wahrheit in diesem Fall in gewisser Weise unter Verschluss zu halten, ganz einfach, damit der Mörder nicht genannt werden musste, was sowohl sie als auch ich natürlich vollkommen in Ordnung fanden. Ewa wollte mir jedoch gewisse Informationen geben für den Fall, dass es nach der Veröffentlichung zu Spekulationen kommen sollte. Das war ihr wichtig, ich glaube sogar, es war der einzige Grund, warum sie mich überhaupt in ihre Wohnung in der Aschebergsgatan eingeladen hatte. Zweifellos war sie etwas nervös angesichts der bevorstehenden Buchveröffentlichung, auch wenn sie wie auch Erik Ihr Manuskript haben lesen und gutheißen können.

Der Mord an Bertil Albertsson fand in der Nacht vom neunten auf den zehnten Juli 1962 statt. In Genezareth befanden sich zu diesem Zeitpunkt auf jeden Fall vier Personen (außer dem ankommenden Opfer), nämlich: Ewa selbst, Henry Wassman, Erik Wassman und Edmund Wester. Laut Ewa lag es auf der Hand, dass der Mörder zu diesem Quartett gehören musste. Es lag ebenfalls auf der Hand, dass sie selbst die Tat nicht hatte ausüben können, sie schlief die ganze Nacht tief und fest, das hat sie mir gegenüber zumindest in unserem Gespräch behauptet.

Bleiben also Henry, Erik und Edmund. Mit Henry hatte Ewa eine kurze, heimliche und äußerst emotional aufgeladene Beziehung, die jedoch mit dem Mord ihr Ende fand. Das Opfer Bertil Albertsson war schließlich ihr Verlobter, und es lag in der Natur der Sache, dass Henry und sie sich während der polizeilichen Ermittlungen voneinander fernhielten. Henry stand zu Anfang ja tatsächlich unter Verdacht, saß in Untersuchungshaft, genau wie es im Buch steht, und erst mehrere Monate später hatten die beiden Gelegenheit, miteinander zu sprechen. Das geschah in einem Café in Borås. Ewa hatte schon lange erkannt, dass ihre Beziehung beendet war, aber sie wollte natürlich wissen, wer von den Dreien ihren ehemaligen Verlobten erschlagen hatte: Henry, Erik oder Edmund. Anfangs war Henry äußerst unwillig, die Sache zu diskutieren. Ewa erzählte mir, dass es ganz merkwürdig war, dort zu sitzen und mit Henry zu reden, es bestand ein großer Abstand zwischen ihnen, von der starken Anziehungskraft des Sommers war nicht mehr das Geringste zu spüren, und erst nachdem sie ihren Kaffee getrunken und ihre Muffins gegessen hatten, lüftete Henry ein wenig den Schleier. Laut Ewa erklärte er genau in dem Moment, als sie sich voneinander verabschieden wollten, Folgendes: »Es war keiner der Jungs, ich möchte, dass dir das ganz klar ist, Ewa. Weder Erik noch Edmund.« Ewa lag natürlich auf der Zunge, zu erwidern: »Dann warst du es also doch!«, aber irgendetwas in Henrys Blick hieß sie schweigen. Er umarmte sie kurz, und das war das letzte Mal, dass sie sich sahen. Sie schrieb ihm ein paar Briefe, wie sie es bereits im Herbst zuvor getan hatte – an seine Adresse in Göteborg –, erhielt jedoch nie eine Antwort.

Ja, das war so ungefähr die Information, die meine Schwester mir über Henry und das Ganze hatte geben wollen, aber ehrlich gesagt kann ich nicht beurteilen, ob sie die Wahrheit gesagt hat oder nicht. Ich konnte es damals nicht und kann es heute nicht. Bereits als wir damals zusammensaßen, hatte ich das Gefühl, als hätte sie das Treffen mit Henry in Borås nur aus dem Grund zustande kommen lassen, um Erik und Edmund zu schützen; insbesondere Erik, mit dem sie ja bereits seit mehreren Jahren zusammen lebte. Andererseits – und ehrlicherweise – muss ich hervorheben, dass Ewa auch Eriks mögliche Rolle in diesem Mordfall beleuchtet hat. Sie behauptete, sie hätte bei mehreren Gelegenheiten immer wieder versucht, ihm eine Antwort zu entlocken – letztlich vergebens, aber in einem Punkt war sie sich im Laufe der Jahre immer sicherer geworden: Erik wusste, wer der Mörder war.

Ich fragte geradeheraus, was genau dies nun heißen sollte, aber das war eine Frage, die Ewa selbst nie hatte klären können. Behauptete sie zumindest. Die einfachste Variante war natürlich, dass Erik selbst die Tat begangen hatte, aber ebenso gut hätte er ja auch auf andere Weise Kenntnis von den Geschehnissen erhalten können. Er hätte Zeuge der Tat sein können, oder aber der Mörder hätte es ihm erzählen können. Edmund oder

Henry. Nach mehreren Tassen Tee und weiteren Spekulationen fragte ich meine Schwester, was sie denn glaube, und in dem Moment, in dem ich das Wort »glaube« aussprach, war mir klar, dass sie mich genau dort hatte haben wollen. Sie wollte, dass ich das Wort »glaube« statt »wisse« benutzte. In den vergangenen Stunden hatte ich ein Gefühl der Nähe dort am Küchentisch verspürt, aber plötzlich musste ich feststellen, dass der Abstand – dieser Abstand, der immer zwischen uns bestanden hatte – wieder da war.

Sie beantwortete meine Frage nicht, lächelte nur ein halbherziges Lächeln, während sie den Kopf schüttelte, und kurz darauf verabschiedete ich mich von ihr. Ich hatte ein Zimmer im Hotel Lorenzberg genommen. Ewa rief ein Taxi, und ich wünschte, wir hätten Tränen in den Augen gehabt, als wir uns voneinander verabschiedeten. Aber die hatten wir nicht, keine von uns.

Es war das letzte Mal, dass wir uns sahen, aus verschiedenen Gründen war es mir nicht einmal möglich, einige Jahre später an ihrer Beerdigung teilzunehmen.

Lieber Herr Nesser, urteilen Sie selbst, was diese Informationen wert sind. Ich kann weder den Wert noch den Wahrheitsgehalt dessen beurteilen, was ich an diesem Abend gehört habe, aber jetzt, wo Sie planen, die Wahrheit an den Tag zu bringen, da möchte ich nur, dass auch alle Steine wirklich umgedreht werden.

Zusammenfassend waren es drei Dinge, die meine Schwester mit einiger Beharrlichkeit behauptete: 1. dass sie selbst unschuldig ist an dem Mord. 2. dass Erik wusste, wer der Mörder war. 3. dass Henry behauptete, dass beide Jungen unschuldig waren.

Mir kommt es so vor, als widersprächen sich diese drei Aussagen irgendwie, aber ich bin mir nicht ganz sicher. Ich bin mir auch nicht sicher, ob Erik Wassmans Grippe an diesem Abend echt oder nur gespielt war. Ich habe in der guten Stunde, die er uns Gesellschaft leistete und Frikadellen mit Zwiebeln und Preiselbeeren in sich hineinschaufelte, jedenfalls keine offensichtlichen Krankheitszeichen an ihm feststellen können. Ich habe versucht, mir ins Gedächtnis zu rufen, was wir zum Dessert hatten, aber daran kann ich mich einfach nicht mehr erinnern. Vielleicht begnügten wir uns ja auch nur mit Tee, ja, wir tranken dazu auch ein paar Gläschen Likör.

Hiermit verbleibe ich hochachtungsvoll, und bitte verzeihen Sie mir meine sprachlichen Ungenauigkeiten, ich weiß, dass Sie viele Jahre lang Schwedischlehrer waren!

Anja Kaludis

Die Wahrheit in diesem Fall?

von Håkan Nesser

Im folgenden Kapitel werde ich meine Pflicht tun. Das heißt, ich werde erklären, was tatsächlich in dem Buch geschah, dem ich den Titel gab: *Kim Novak badete nie im See von Genezareth* – und in der Realität, soweit ich es verstanden habe. Es sind jetzt über zehn Jahre vergangen, seit das Buch erschienen ist – sechsundvierzig, seit der Mord tatsächlich stattgefunden hat –, und schließlich habe ich es versprochen.

Es war folgendermaßen: Während meiner Recherchen unterhielt ich mich mit unzähligen Personen, die auf irgendeine Art und Weise etwas über die Geschehnisse bei Genezareth im Sommer des Jahres 1962 wussten – doch meine Hauptquelle, das war die Person, die im Buch das Wort führt und der ich den Namen Erik Wassman gab. In den

Jahren 1993–95 trafen wir uns ungefähr zehn Mal, und wir führten lange Gespräche über das, was in dem besagten Sommer passiert war; anfangs sträubte er sich ein wenig, aber mit der Zeit zeigte er eine immer größere Bereitschaft, sich zu erinnern und zu erzählen – als hätte er das Bedürfnis dazu, bräuchte aber eine Art Katalysator, damit er loslegen konnte.

Als ich die erste Rohfassung meines Manuskripts fertig gestellt hatte, ließ ich es ihn lesen. Ich erinnere mich immer noch an seinen Kommentar, als er es durchgearbeitet hatte, es war im Juni 1996, er rief mich mitten in der Nacht an und platzte sofort heraus: »Wahnsinn! Genau so ist es gewesen. Du hast den Nagel auf den Kopf getroffen!«

Es ist möglich, dass er zu diesem Zeitpunkt etwas betrunken war, aber im Prinzip hat er seinen Standpunkt danach nie mehr geändert. Er hatte nur gegen die eine oder andere Kleinigkeit Einwendungen, aber was die wesentlichen Punkte betraf, so war er der Meinung, dass ich das Geschehen korrekt wiedergegeben hätte.

Wir hatten vorher eine Vereinbarung getroffen, wonach die Antwort auf die Frage, wer Bertil Albertsson tatsächlich ermordet hatte, weitgehend im Ungewissen bleiben sollte – er wollte sich selbst und gewisse Personen, die ihm nahe standen, schützen, wie er behauptete. In der Realität gab es diese Unklarheit indes nicht. Der Erik Wassman aus dem Buch war derjenige, der dem unsympathischen Handballspieler in jener Nacht Anfang Juli mit dem Vorschlaghammer auf den Kopf schlug (auch wenn der Berra aus der Realität natürlich nichts mit dieser Sportart zu tun hatte). Bereits bei unserem dritten Gespräch hatte Erik mir das gestanden.

Er hatte die Tat in einem Zustand von Panik und Entschlossenheit begangen, wie er mir erklärte; die Panik war eskaliert, als er erkannt hatte, dass es ihm tatsächlich gelungen war, Albertsson zu erschlagen, genau in dem Moment, als dieser auf dem kleinen Parkplatz oberhalb von Genezareth aus seinem Auto steigen wollte.

Er hatte den Vorschlaghammer von sich geworfen und war anschließend zu Tode erschrocken eine gute Stunde im Wald herumgeirrt. Als er zu seinem und Edmunds Zimmer im oberen Stockwerk des Hauses zurückkam, lag sein Kamerad bereits im Bett und schlief tief und fest, und erst da ging Erik auf, dass er sich ja um die Mordwaffe kümmern musste; also begab er sich noch einmal zurück auf den Parkplatz, wo die Leiche immer noch halb aus dem Auto heraushing, so wie er sie verlassen hatte – doch wie gründlich er auch suchte, er konnte den Vorschlaghammer nicht finden. Es war bereits kurz vor halb vier, als er in sein Bett kroch und es ihm endlich gelang, ein paar Stunden Schlaf zu finden, bevor Lasse Snedtrut am nächsten Morgen schreiend auf dem Vorhof stand.

Eine letztendliche Antwort auf die Frage, wo die Mordwaffe geblieben war, erhielt Erik Wassman erst, als er viele Jahre später am Sterbebett von Edmund Wester saß. Edmund berichtete Erik, dass er den Vorschlaghammer in dieser Nacht vergraben hatte; er war nicht Zeuge des Mordes gewesen – nur fast –, hatte aber geahnt, dass Erik der Täter gewesen war. Dass sein Freund ein Mörder war, war eine Tatsache, die so unerhört war, dass er sie Erik gegenüber nicht zur Sprache bringen konnte, eine so schwere und ernsthafte Anklage, dass es ihm nicht gelang, sie auszusprechen. Auch wenn er selbst genau wie Erik der Meinung war, dass Bertil Albertsson der ungekrönte König aller Arschlöcher war. Ein Mord war und blieb ein Mord.

Nach dem Gespräch auf der Bettkante konnte Erik mit Hilfe von Edmunds Angaben nach Genezareth zurückkehren, die Waffe ausgraben, die dort in ihrem Versteck mehr oder weniger ein Vierteljahrhundert verborgen gelegen hatte, und sie zu einer bedeutend sichereren endgültigen Verwahrung in einem See in der Gegend von Skara verfrachten.

Ein Detail, das Buch und Wirklichkeit unterscheidet: Erik Wassman hat in diesem Sommer niemals Agatha Christies Buch *Alibi* gelesen, ein Kriminalroman, in dem der Erzähler identisch mit dem Täter ist. Aber er hatte ihn im Frühling gelesen, und er war es, der vorschlug, ich solle das als diskreten Hinweis in mein Buch einarbeiten. Wie bei fast all seinen Vorschlägen folgte ich auch diesem.

Ja, auf diese Art und Weise hat es sich also zugetragen. Auf jeden Fall sah es so aus, bis in unsere Tage – 2008 – hinein und bis zu den sonderbaren Informationen, die sozusagen in der elften Stunde eintrudelten, zu denen ich im letzten Abschnitt dieses Büchleins Stellung nehmen werde. Sicherheitshalber möchte ich jedoch darauf hinweisen, dass ich keine Mühe gescheut habe, meiner heiklen Aufgabe gerecht zu werden – ich habe diese Dokumente ohne Rücksicht auf meine eigenen Interessen oder meine eigenen Ziele in diesem Büchlein aufgenommen, und jetzt liegt es bei jedem Leser selbst, zwischen Wahrheit und Lüge zu unterscheiden.

Dokument, Edmund Wester betreffend

Folgendes Dokument ist die Abschrift eines Gesprächs zwischen dem Schriftsteller Håkan Nesser (HN) und Gertrud Moddis (GM). Es fand statt am 26. August 2008 in der Gemeinde Rute auf Gotland, und kam zustande, nachdem Frau Moddis Herrn Nesser Anfang Juli angerufen hatte. Es war ihr zu Ohren gekommen, dass im folgenden Jahr Informationen über den Mord an Bertil Albertsson 1962 bekanntgegeben werden sollten, und nachdem sie sich mit ihrem Mann beratschlagt hatte, entschied sie sich zu diesem Schritt. Die Abschrift wurde von Nesser angefertigt und von Gertrud Moddis beglaubigt. Einige Namen wurden geändert.

HN: Lassen Sie uns mit dem Anfang beginnen. Was hat Sie dazu veranlasst, Kontakt mit mir aufzunehmen?

GM: Ich habe Informationen im Fall Bertil Albertsson. Sie haben doch dieses Buch geschrieben, nicht wahr?

HN: Ja, ich habe dieses Buch geschrieben.

GM: Und Sie kennen sicher den Hintergrund? Ich meine, die wahren Ereignisse.

HN: Ja. Können Sie mir sagen, in welcher Form Sie damit etwas zu tun haben?

GM: Na, deshalb sitze ich ja hier. Ich habe Ihr Buch gelesen, als es 1998 herauskam, aber von den Ereignissen hatte ich natürlich schon viel früher erfahren.

HN: Und wie?

GM: Durch meine Bekanntschaft mit Edmund Wester.

HN: In welcher Form waren Sie mit ihm bekannt?

GM: Wir hatten eine kurze Liebesaffäre. Ende der Siebziger, er war Pfarrer in der Gemeinde, in der auch ich gearbeitet habe. Es lief nicht einmal ein Jahr, aber wir hielten bis zu seinem Tod Kontakt. Mein Mann Paul Moddis hat ihn auch gekannt, er gehört Gott sei Dank nicht zu der eifersüchtigen Sorte.

HN: Ich verstehe. Und was wollten Sie mir jetzt in Bezug auf den Mord an Bertil Albertsson erzählen?

GM: In Ihrem Buch – und im darauf basierenden Film – lassen Sie Erik Wassman Edmund im Krankenhaus besuchen, kurz bevor dieser stirbt. Es ist ihr letztes Gespräch, und sie erzählen einander entscheidende Dinge. Dieses Gespräch hat tatsächlich stattgefunden, ich weiß das, weil ich mit Edmund gesprochen habe, einen Tag nachdem Sie dort gewesen sind.

HN: Als ich das Buch schrieb, war in erster Linie

Erik Wassman meine Quelle. Edmund war leider bereits tot, als ich mit meinen Recherchen anfing. Ich bin für alle Informationen in Bezug auf seine Person dankbar.

GM: Das ist mir klar. Auf jeden Fall erzählte Edmund mir von diesem Gespräch, das er mit seinem alten Kindheitsfreund geführt hatte. Er war äußerst erleichtert, dass es zustande gekommen war, wie er mir gestand.

HN: Hat er Ihnen erzählt, worüber sie gesprochen haben?

GM: Nur in Andeutungen. Aber ich habe so viel verstanden, dass es sich um diese alte Mordsache gehandelt haben muss. Edmund hat schon früher über den Sommer 1962 mit mir gesprochen. Den »Spitzensommer«, er hat sogar denselben Ausdruck benutzt wie Sie im Buch.

HN: Aber Sie haben nie über den Mord selbst gesprochen? Wer der Täter gewesen sein könnte beispielsweise?

GM: Nein. Ich habe ihn ein paar Mal direkt gefragt, aber er hat mir nur jedes Mal erklärt, dass der Mörder ein Außenstehender gewesen sein muss. Erst als ich Ihr Buch gelesen habe, ist mir klar geworden, dass es anders abgelaufen sein muss, und …

HN: Ja?

GM: … und als ich das verglich mit dem, was Edmund mir nur wenige Tage vor seinem Tod zu sagen hatte, da hatte ich das Gefühl … als würde alles miteinander zusammenhängen.

HN: Zusammenhängen?

GM: Ja.

HN: Was genau hing da miteinander zusammen?

GM: Ich weiß es nicht genau. Irgendwie das Eine mit dem Anderen. Aber eigentlich habe ich erst jetzt, seit ich weiß, dass Sie den Mörder preisgeben wollen, über alles ernsthaft nachgedacht.

HN: Ich habe nicht ganz verstanden. Was hat Edmund Ihnen im Krankenhaus nun tatsächlich gesagt?

GM: Zuerst hat er gesagt, dass er unbedingt Erik noch einmal sehen müsse, bevor er sterbe. Auch wenn das in letzter Sekunde sei. Sie seien sich gegenseitig noch etwas schuldig, wie er behauptete.

HN: Was hat er damit gemeint?

GM: Er sagte, dass er noch zwei Fragen habe, die beantwortet werden müssten.

HN: Welche Fragen?

GM: Das wollte ich auch wissen. Ich habe ihn natürlich gefragt, aber er hat mir nur vage geantwortet, und er war ja sehr schwach, deshalb wollte ich ihn nicht drängen. Ich dachte, das Wichtigste wäre doch, dass er das sagen konnte, was er noch auf dem Herzen hatte, damit er in Frieden sterben konnte.

HN: Hm. Ich dachte, das hätte er bereits in dem Gespräch mit Erik getan.

GM: Das kann ich mir denken, dass Sie das glauben. Das wird jedenfalls aus dem Buch klar. Aber nachdem Edmund über die Sache noch einmal geschlafen hat, empfand er trotz allem eine gewisse Unruhe … einen Druck auf der Brust, genau da, wo das Gewissen sitzt. Ja, so hat er sich ausgedrückt.

HN: Nun gut, er hatte Gewissensbisse. Aber warum?

GM: Weil er sich nicht sicher war, was Erik

Wassman tun würde. Erik sei sehr moralisch. Manchmal mehr, als gut für ihn sei. »A man's gotta do what a man's gotta do.« Sie benutzen diese Formulierung ja auch im Buch, und Edmund erzählte mir, dass genau diese Worte für Erik ungemein wichtig waren. Sie beschrieben ganz einfach eine Art moralischer Haltung, und in gewissen Situationen könnten sie sogar schwerer wiegen als die Wahrheit selbst.

HN: Jetzt komme ich nicht mehr ganz mit.

GM: Ich bin überzeugt davon, dass Sie das tun, stellen Sie sich nicht dümmer, als Sie sind. Es ist ganz einfach eine Frage von Pflichtbewusstsein, von dem, was Kant den kategorischen Imperativ nennt, Sie haben ja wohl Kant gelesen.

HN: Ich habe Kant gelesen.

GM: Schön. Der kategorische Imperativ hat seinen Platz auch in Mordgeschichten, und was die Ereignisse bei Genezareth angeht, so lässt sich leicht nachvollziehen, dass auf Erik eine große Verantwortung ruht. Wenn Bertil Albertsson umgebracht werden muss, dann ist es in erster Linie Eriks Aufgabe, das zu übernehmen. Er ist derjenige, der in Ewa Kaludis verliebt ist, es ist sein Bruder, der eine unschickliche Liaison …

HN: Ja, ja, das ist mir alles schon klar. Aber …?

GM: Aber er hat die Verantwortung nicht übernommen. Edmund war derjenige, der es für ihn getan hat, das ist der Punkt. Er war es, der Kanonen-Berra mit dem Vorschlaghammer erschlagen hat, und bedenken Sie, dass Erik Wassman das all die Jahre über wusste. Das hat an seinem Gewissen genagt, aber erst nach diesem letzten Gespräch erhält er die Gewissheit und einen gewissen Frieden. Er fährt zurück an den Tatort, gräbt den Vorschlaghammer nach Edmunds Anweisungen aus und überführt ihn an einen deutlichen sichereren Platz, in einen See in der Gegend von Skara. Und nachdem Edmund tot ist, macht er den letzten entscheidenden Schritt.

HN: Den letzten entscheidenden Schritt?

GM: Er beschließt, den Mord auf sich zu nehmen. Er hätte ihn ausführen müssen, also war er derjenige, der ihn ausgeführt hat. Das sind die Schlussfolgerungen, zu denen Edmund gekommen ist, und deshalb hat er mit mir reden wollen.

HN: Um Ihnen zu sagen, dass er es getan hat?

GM: Ja. Edmund Wester hat Bertil Albertsson getötet, was immer Erik Wassman auch behaupten mag.

HN: Aber das war Ihnen noch nicht klar, als Sie mit Edmund dieses letzte Mal sprachen?

GM: Nein, wie schon gesagt. Der Gedanke tauchte zwar bereits auf, als ich das Buch las, aber in ihm steht ja nicht explizit, wer der Mörder war. Erst als ich diese Sache mit meinem Mann vor ein paar Monaten diskutiert habe, begriff ich, was Edmund mir damals eigentlich hatte sagen wollen.

HN: Dass es genau genommen er gewesen war, der Bertil Albertsson ermordet hat, er aber glaubte, Erik würde die Schuld auf sich nehmen?

GM: Ungefähr so, ja.

HN: Aus moralischen Gründen.

GM: *A man's gotta do what a man's gotta do,* ja.

HN: Vielen Dank, Gertrud Moddis. Haben Sie noch etwas hinzuzufügen?

GM: Nein, höchstens, dass ich froh bin, mein Herz erleichtert zu haben. Ich weiß, dass Edmund oben von seinem Platz im Himmel unserem Gespräch zuhört und dass er auch dankbar ist. Als der Mörder, der er trotz allem ist.

HN: Dann machen wir hier Schluss.

GM: Ja, das ist eine gute Idee, vielen, vielen Dank.

Kommentar: Im Laufe des Gesprächs musste ich feststellen, dass Frau Moddis mir irgendwie bekannt vorkam, und nach einigen Stunden des Nachdenkens habe ich mich auch wieder an sie erinnert. Ich kannte sie von verschiedenen Autorenveranstaltungen, die ich im Herbst 1998 in Mittelschweden absolviert hatte, in Zusammenhang mit der Herausgabe des Buches über den Genezareth-Mord. Sie war im Laufe von nur zwei Wochen mindestens bei drei verschiedenen Veranstaltungen anwesend, saß immer weit hinten im Publikum, auf einem der äußersten Plätze rechts. Sie stellte nie eine Frage, aber ich erinnere mich, dass sie ein blaues, locker geknotetes Tuch trug, das auf die Schultern fiel, und dass sie sich jedes Mal Notizen machte. Ich habe in diesem Herbst tatsächlich manches Mal über sie nachgedacht, aber in dem Jahrzehnt, das seitdem vergangen ist, ist sie meinem Gedächtnis entfallen. Als ich versuchte, ihren ungewöhnlichen Namen im Netz ausfindig zu machen, hatte ich keinen Treffer. **HN**

Håkan Nesser badete vermutlich im Tåsjön, und Uppsala liegt in Västergötland

von Eugen G. Brahms

Die Frage, wer Berra Albertsson in Håkan Nessers Roman *Kim Novak badete nie im See von Genezareth* tötete, wird wohl nie eindeutig beantwortet werden können. Der Erzähler Erik schweigt, und sein Kindheitsfreund Edmund, der dabei war, ist schon seit längerem verstorben. Ich habe in meinem Text *Badade Van Veeteren i Kulmlasjön?* (Bonniers 2003; auf deutsch: *Badete Van Veeteren jemals im See von Kumla,* btb 2004) versucht, der Sache auf den Grund zu gehen. Die Tatsache, dass Erik in seinem Bericht über die Umstände des Mordes oder Totschlags betont, dass Agatha Christies *Alibi* zur Sommerlektüre der beiden Freunde gehörte, sieht aus wie ein listiger Fingerzeig von seiner Seite, der Seite des Erzählers, so überlegte ich. Es kann kein Zufall sein, dass

Christies Geschichte, in der der Ich-Erzähler sich als Mörder erweist, auftaucht. Und näher kommt man einem Geständnis sicher nicht. Der Erzähler ist der Schuldige – er, der es berichtet, er hat es auch getan.

Noch etwas anderes ist es wert, genauer betrachtet zu werden. Und zwar hat es mit der Mordwaffe zu tun, dem Vorschlaghammer. Die Mordwaffe ist bei allen Ermittlungen von immenser Bedeutung. Nur selten genügt ein Geständnis, wenn die Waffe nicht gefunden wird! Und im Berra-Albertsson-Fall wird die Waffe nie gefunden. Dagegen beschreibt Erik zum Schluss, wie er sich nach seinem Gespräch mit Edmund an dessen Sterbebett zurück nach Kumla begibt, wo er seit fünfunddreißig Jahren nicht mehr gewesen war, wie er den Vorschlaghammer vor dem Ferienhaus bei Genezareth ausgräbt und wie er auf dem Rückweg nach Göteborg die mit eingetrocknetem Blut verschmierte Waffe in einen See in der Gegend von Skara wirft.

Was ist das für ein See? Wenn man nach Skara fährt, zeigt sich, dass Erik sich nichts weniger Eindeutiges hätte aussuchen können. Die Gegend um Skara herum gehört sicher zu den seenreichsten ganz Schwedens. Hier liegt nämlich Valle mit seinen Hunderten von kleinen Seen – 365 laut Volksmund, genauso viele wie das Jahr Tage hat: Husgärdessjön, Ökullasjön, Gärdssjön, Tåsjön, Kusen, Måsjön, Vagnsjön, Bysjön, Skärvlången, Östersjön – um nur einige der in Frage kommenden Seen zu nennen, die auf diesem einen Quadratkilometer großen Gebiet liegen und sich nahe der Straße befinden. Ein besseres Versteck gibt es nicht! Das ist fast zu schön, um wahr zu sein! Und tief sind sie auch noch, diese ganz speziellen Hinterlassenschaften des Inlandeises, die jeder Idiot kennt, im Gegensatz zum ebenso recht nahe gelegenen Hornborgasjön ein paar Kilometer weiter südlich. Doch an dessen flache Ufer kommt man nicht mit dem Auto heran. Nein, die labyrinthischen Seen mit den steilen Ufern im Kreis Valle sind perfekt, wenn man eine Mordwaffe loswerden will!

Håkan Nesser beweist in seinen Büchern ein besonderes Faible für diskrete Hinweise; wie er das macht und wie die Schemen seiner Kindheit in Kumla und auch seiner eher erwachsenen Schritte in Uppsala im Hintergrund von Van Veeterens scheinbar fiktiver Heimat durchscheinen, habe ich bereits in *Badete Van Veeteren jemals im See von Kumla?* aufgezeigt. Dieser Hang zu dem, was nach Alfred Hitchcock als Cameo-Auftritt bezeichnet wird, hatte freies Spiel, als der Kim-Novak-Roman verfilmt wurde: Der Autor ist ganz richtig in einer Statistenrolle zu sehen, an einem Stand fürs Dosenwerfen bei einem Tanzvergnügen im Lackapark. So sieht also die heimliche Signatur des Schriftstellers aus, gleichzeitig verborgen und dennoch hervorgehoben, im Reliefprofil, wie ein Kameeschmuckstück.*

---

* vgl. *Röster om Håkan Nesser, (Stimmen zu Håkan Nesser)*, hrsg. von Magnus Bergh, ABR 2005, S. 8 und 44. Vgl. außerdem die für diese Diskussion relevanten Artikel »Whodunnit« von Ulf Örnkloo und »Vem gjorde aldrig vad var? Om konsten att berätta en gåta« (*Wer tat niemals was? Über die Kunst, ein Rätsel zu erzählen*) von Johan Svedjedal im selben Werk, ebenso »Eftertankar om Nesser« (*Nachdenken über Nesser*) oder »Brunnen und andere Quellen: Ein fließendes Motiv bei Håkan Nesser« in Jost

Interessanterweise bezeichnen die Geologen den Kreis Valle als eine Kameelandschaft. Nirgendwo sonst auf der Welt lässt sich eine so charakteristische Kameelandschaft finden, wie gerade hier im Kreis Valle. Im Wirrwarr der wiesen- und waldbewachsenen Hügel und Hänge sind Hunderte kristallklarer, glänzender, hellgrüner kleiner Wasserflecken zu entdecken. Linné, der hier seinerzeit vorbeikam, auf dem Weg von Kinnekulle nach Berg auf Billingen, notiert »eine Vielzahl kleiner Seen, die miteinander kommunizieren«. **

Für mich bilden diese Korrespondenzen und

Hindersmann (Hrsg.), *Fjorde, Elche, Mörder, Der skandinavische Kriminalroman* (NordPark Verlag, 2006) von Eugen G. Brahms, worin ein Schuldkomplex bei Nesser aufgedeckt wird, der mit Reservoirs, Bassins, Springbrunnen und Seen zu tun hat.

** *Västgöta-Resa. År 1746*, Wahlström & Widstrand 1996, S. 73 (*Die Reise nach Västgöta im Jahr 1746*) Kinnekulle war übrigens einer der Drehorte, wo *Kim Novak badete nie im See von Genezareth* 2005 gedreht wurde – Kim Novak badete im Vänern!

kommunizierenden Behälter, das Buch mit dem rebusartigen Seetitel und die Landschaft mit ihren Wasserreservoirs und ihren an Edelsteinen erinnernden Formationen ein starkes Indiz dafür, dass es wirklich der Täter ist, der hier seine Waffe heimlich in einem »schwarzen« See versenkt, wie es in *Kim Novak badete nie im See von Genezareth* steht, schwarz wie Tinte, um uns hinters Licht zu führen, und gleichzeitig so auffällig und ausgesprochen schuldbewusst. Nur ein Schriftsteller könnte diese optimale Kameevorstellung in Szene setzen, facettenreich wie in einem Roman. Der Täter muss identisch sein mit dem wirklichen Urheber, dem Erzähler hinter dem Erzähler. Erik ist das Selbstportrait des Autors, maskiert in der Kameelandschaft.

»In der Schreibsituation an sich sind Autor und dichterisches Ich identisch«, schreibt Håkan Nesser in einer anderen Geschichte um einen Hammerwerfer.***

Erscheint das nicht wie ein Eingeständnis, dem Verbrechen und dem Schuldbekenntnis vorauseilend? Der Autor als der Schuldige: auf frischer

Tat mit seinem Füllfederhalter ertappt, verurteilt, wenn nicht aus ethischen, dann aus ästhetischen Gründen.

*** »Berätterjaget i Per Olov Enquists Sekonden« (*Das Erzähler-Ich in Per Olov Enquists ›Der Sekundant‹*), ungedruckte Examensarbeit der Literaturwissenschaft, Uppsala 1973, S. 11.

* * *

Als äusserst gravierend erscheint außerdem der diskrete persönliche Gruß, dessen sich der betreffende Kameemann im gewohnten omnipotenten Stil offenbar vergewissert hat, bevor er die Seen im Kreis Valle auswählte, um dort seine Mord / Wortwaffe zu versenken.
Studiert man eine Karte über dieses Gebiet, kann man im Namensgewimmel einen »Absender« in Form der »Adressen« Håkansg. und Upsala entdecken. Es gehört zum Täterprofil bei Fällen wie diesem, dass der Schuldige gern seine Visitenkarte hinterlässt.

Karte von N. G. Strömbom, *Vägvisare för resande till Kinnekulle, Valla härad med Axevall och Varnhem samt Skara och Lidköping*, Stockholm 1889. (*Wegweiser für Reisende nach Kinnekulle, den Kreis Valla mit Axevall und Varnhem sowie Skara und Lidköping*)

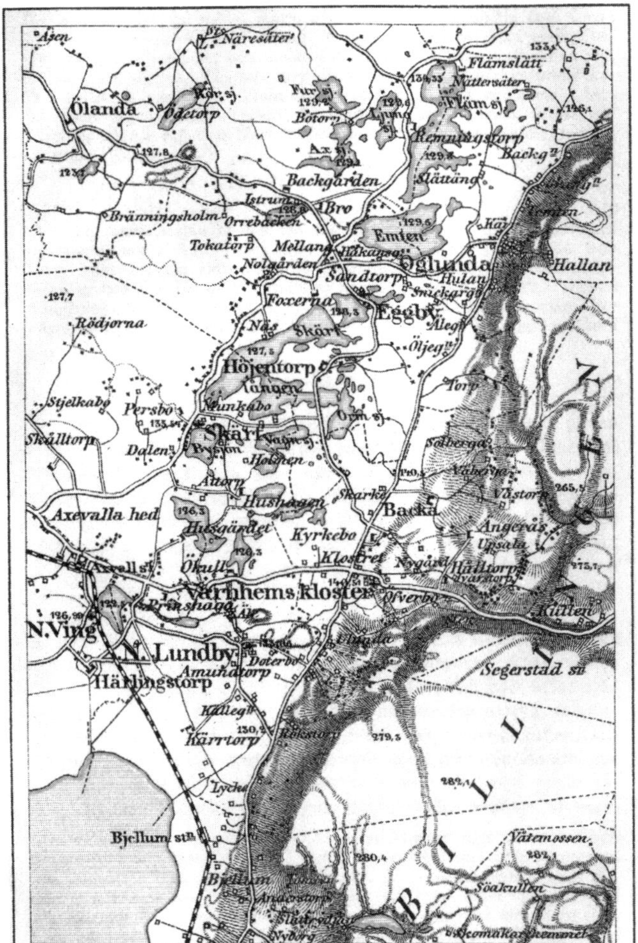

Karte über den schönsten Teil des Kreises Valla

Schlussspiel in den Adirondacks

von Håkan Nesser

Einige Namen sind verändert,
aber nicht der von Eugen G. Brahms

Ich möchte doch aufs Heftigste protestieren! Diese infame Behauptung von Eugen G. Brahms darf nicht ohne Widerspruch bleiben. Wenn ich seine kryptischen Formulierungen richtig deute, dann meint er also, dass der Autor selbst am Mord an Bertil Albertsson schuldig sein soll. Oder eher an Albertssons Vorlage. Dass der reale Hintergrund zu dem fiktiven Roman von 1998 im Leben des Autors selbst wiederzufinden wäre. Das ist unerhört. Unanständig. Ein Komplott?

Der Kreis Valle? Tatsächlich ist es äußerst plausibel, dass Erik Wassman den schicksalsschweren Vorschlaghammer wirklich in einen dieser merkwürdigen, tiefen Seen versenkt hat, ich bin der Erste, der dieser Behauptung zustimmt, aber das bedeutet nicht das, was Brahms behauptet, dass es bedeutet, da ist er gründlich hereingefallen: Als ich Mitte der Neunzigerjahre die Vorarbeiten zu meinem Buch machte, erwähnte Erik diese gottverlassene Gegend mit keinem Wort. Ein See in der Gegend von Skara, das war alles. Upsala und Håkang! Hätte ich tatsächlich diesen Handballidioten (oder welche Sportart er tatsächlich auch immer ausgeübt haben mag) aus dem Wege geräumt, dann sollte ich mir also – bevor ich mich recht spät der Mordwaffe endgültig entledigte – die Zeit genommen haben, eine Karte mit diesen verzwickten, mysteriösen Hinweisen zu studieren, um ... ja, um was eigentlich? Um das mörderische Licht auf mich selbst zu werfen? Meine Schuldgefühle zu erleichtern? Was denkt er sich denn? *Kim Novak badete nie im See von Genezareth*, und deren Urheber hat nie seinen Fuß in den Kreis Valle gesetzt!

Wer ist überhaupt dieser Eugen G. Brahms? Wäre es nicht langsam an der Zeit, dass er aus dem Schatten hervortritt? Oder sie? Kann es auch eine Frau sein? Wie dem auch sei, auf jeden Fall gehören die Karten auf den Tisch, und es muss erklärt werden, woher die scheinbar gut untermauerten Dummheiten stammen. Kameelandschaft? Per Olov Enquists Sekundant? Ich bin sprachlos!

Nachdem ich Brahms' Text gelesen hatte, bekam ich drei Nächte hintereinander kein Auge zu, und als ich am Morgen des vierten Tages aus dem Bett wankte, war mir klar, dass gehandelt werden musste. Möglicherweise ging es darum, ein Gegenfeuer zu eröffnen, aber in erster Linie war ein konkreter letzter Schachzug gefragt. Über Personen, deren Namen zu enthüllen ich mir verboten habe, gelang es mir, herauszubekommen, dass der Mann, der als Vorlage für meinen Erik Wassman aus dem Buch diente, seit einigen Jahren (im Großen und Ganzen seit Ewa Kaludis' Tod 2000, wenn ich mich nicht irre) in den USA lebt. Genauer gesagt, irgendwo im Staat New York, auf jeden Fall, soweit ein gewisser Herr K. es mir sagen konnte. Ziemlich weit im Norden, dicht an der kanadischen Grenze offenbar.

Ich beschließe also, Erik für ein letztes klärendes Gespräch aufzusuchen, und Ende Oktober 2008 treffe ich ihn in der kleinen Ortschaft Four

Peaks im Naturschutzgebiet Adirondacks, ungefähr eine Stunde Fahrt auf kurvigen Straßen vom zweifachen olympischen Wintersportort Lake Placid entfernt. Er leitet dort eine Art Campingplatz, eine Handvoll einfacher, grob zusammengezimmerter Holzhütten, verteilt auf zwanzig Hektar in einer Wildnis voller Bären, Elche, Füchse, Koyoten sowie diverser anderer wilder Tierarten. Ich treffe ihn an einem Samstagnachmittag bei einigen Gläsern Bier und einem halben Dutzend Forellen, die er aus einem der vielen dort rauschenden Flüsse und Bäche, die die Landschaft durchkreuzen, herausgeholt hat. Ihm gehören nicht weniger als vier Hunde, alles Promenadenmischungen, die während unseres Gesprächs zusammengerollt vor der Feuerstätte schlummern, in der ein kräftiges Lagerfeuer die einsetzende Dämmerung begleitet.

Er hat sich verändert. Schließlich sind auch mehr als zwölf Jahre vergangen, seit ich ihn das letzte Mal gesehen habe. Der gebeugte, bärtige Mann, der mich empfängt, ist ein einsamer Wolf. Ein ungepflegter, sturer Eigenbrötler, ich hätte ihn nicht wiedererkannt, wäre er mir irgendwo auf der Straße begegnet. In urbanem Milieu hätte man ihn für einen Penner halten können. Aber ich weiß, dass ich Erik Wassman vor mir habe, und als wir uns das letzte Mal trafen, gestand er mir, dass er ein Mörder ist. Dass er einen Menschen erschlagen hat, als er gerade einmal vierzehn Jahre alt war, und dass er damit einverstanden war, dass ich einen Roman auf diesem Ereignis aufbaue. Einem Mord, der nunmehr sechsundvierzig Jahre zurückliegt.

»Es ist höchste Zeit«, erkläre ich nach dem ersten Fisch und der ersten Flasche Bier. »Höchste Zeit, ein für alle Mal einen Schlussstrich unter diese alte Geschichte zu ziehen.«

Er nickt, verzieht jedoch keine Miene.

»Es sind Spekulationen aufgekommen«, fahre ich fort. »Spekulationen und Ungereimtheiten. Wir waren uns vor zehn Jahren doch einig, du erinnerst dich?«

Er gibt zu, dass er sich erinnert. Sein typischer sanfter Blick lässt plötzlich jeden Zweifel schwinden, dass er es ist, ich erkenne ihn endlich wieder. Außerdem kann ich sehen, dass er gar nicht so viel gegen meinen Besuch hat, wie ich dachte. Er ist es nur nicht gewohnt, mit Menschen Kontakt zu haben – ausgenommen natürlich die vereinzelten Gäste, die auf seinen Campingplatz kommen, aber ich nehme an, dass es nicht besonders viele sind. Und irgendwelchen besonderen Service bietet er nicht an, abgesehen von Holz und Kerzen. Ich selbst übernachte in einer Hütte mit dem Namen »Skunk II«.

»Außerdem gibt es einige neue Informationen«, füge ich hinzu. »Mehr oder weniger überraschend.«

»Was für Informationen?« Er trinkt einen Schluck Bier, seine Augen werden feucht von dem bitteren Getränk.

»Über Edmund beispielsweise.«

»Edmund?«

Ich kann nicht ausmachen, ob seine Verwunderung gespielt oder echt ist. Vielleicht beides.

»Es gibt Informationen, die darauf hindeuten, dass Edmund den Mord auf sich genommen hat, bevor er starb.«

Erik schüttelt den Kopf. »Edmund konnte keiner Fliege etwas zu Leide tun. Was sind das für Informationen?«

Ich berichte kurz von Gertrud Moddis, und Eriks Blick ist voller Zweifel. »Was für einen Eindruck hattest du von ihr?«, fragt er, als ich fertig bin, und ich muss zugeben, dass ich mir nicht sicher bin. Möglicherweise ist sie eine Betrügerin mit einer von A bis Z erstunkenen und erlogenen Geschichte, eine dieser Leserinnen, die vielleicht mit ihrem Mann gewettet hat, wer nun der Mörder im Buch ist, und dann entschieden hat, die Sache sozusagen in die eigenen Hände zu nehmen. Das fiktive Geschehen selbst zu beeinflussen. Aber ich habe mir nie die Mühe gemacht, in dieser Richtung weiter nachzuforschen.

Erik schweigt eine Weile und denkt nach. »Auch wenn sie die Wahrheit sagt, so heißt das nicht, dass sich dadurch unbedingt etwas ändert«, erklärt er. »Ich kann mir vorstellen, dass Edmund die Sache auf sich nehmen wollte. Was er da über Moral sagt, funktioniert ebenso gut in die andere Richtung.«

»Aber es steckt also nichts dahinter?«, frage ich.

»Du hältst daran fest, dass du derjenige warst, der Bertil Albertsson erschlagen hat?«

Er nickt und trinkt einen Schluck Bier.

»Ich habe außerdem einen Brief von Ewas Schwester bekommen«, füge ich hinzu. »Sie behauptet, dass sie dich und Ewa einmal besucht hat, es muss in Göteborg gewesen sein. Sie schreibt, dass du etwas kränklich gewesen bist und die Schwestern allein am Küchentisch zurückgelassen hast. Kannst du dich daran erinnern?«

»Worum geht es hier eigentlich?«, fragt Erik. »Das klingt ja wie bei einem Verhör.«

Ich entschuldige mich und versichere ihm, dass ich einzig und allein Schriftsteller bin. Aber auf der Jagd nach einer Art von Wahrheit. Diese Aussage bringt ihn dazu, seinen Mund zu einem kurzen Lächeln zu verziehen. »Natürlich erinnere ich mich an Anja«, gibt er zu. »Ich habe mich zurückgezogen, das stimmt schon. Was behauptet sie denn in ihrem Brief?«

»So einiges«, antworte ich. »Unter anderem, dass Ewa ihr gewisse Dinge anvertraut haben soll. Über ein Gespräch mit Henry beispielsweise, in dem er mit Entschiedenheit behauptet hat, dass sowohl sein Bruder als auch dessen guter Freund unschuldig an dem Mord sind.«

»Henry«, sagt Erik und schaut nachdenklich drein. »Ich weiß nicht einmal, ob er noch lebt oder ob er tot ist. Mein eigener Bruder … das sagt doch so einiges über ihn, oder? Und dieses Buch, das er geschrieben hat, das ist wirklich das Verzwickteste, was ich jemals gelesen habe. Nein, wenn du auf der Suche nach der Wahrheit bist, dann ist er bestimmt nicht die richtige Person, um sie zu finden.«

»Und du bist sein Bruder.« Ich weiß selbst nicht, was ich mit diesem Satz sagen will. »Ewa hat ihrer Schwester außerdem erzählt, dass du weißt, wer der Mörder ist«, füge ich hinzu.

»Aber natürlich«, bestätigt Erik. »Und es gibt doch genau genommen nur einen, der das mit Sicherheit wissen kann, oder?«

»Der Täter?«, frage ich. »Nun ja, man kann sich ja auch einen Augenzeugen denken. Auf jeden Fall ist es mittlerweile an der Zeit, dass ich den Lesern die Wahrheit sage, und das ist auch der Grund, warum ich hier sitze.«

Erik Wassman lehnt sich zurück und stopft seine knorrige Pfeife. Plötzlich sieht er ganz zufrieden aus, als genieße er das Wissen um sein kleines Geheimnis. Mir kommt eine Idee.

»Kennst du jemanden namens Eugen G. Brahms?«, frage ich.

Zu meiner großen Überraschung nickt er. »Das ist ein Pseudonym, nicht wahr?«, fragt er. Ich erwidere, dass ich davon ausgehe. Er nimmt einen Happen Fisch, die Gräten kommen in seinem rechten Mundwinkel heraus, eine wirklich interessante Technik. »Das ist Lindström«, sagt er. »Ja, er hat natürlich eigentlich einen anderen Namen, aber du hast ihn in deinem Buch Kommissar Lindström genannt.«

»Wie bitte?« Ich kann meine Überraschung nicht verbergen. »Meinst du, dass … dass Brahms der Kommissar ist, der in der Mordsache ermittelt hat? Der muss doch inzwischen hundert Jahre alt sein?«

»Neunundachtzig«, erklärt Erik, als hätte er diese Information soeben aus einem Archiv erhalten.

Mir fehlen die Worte. Plötzlich ist diese wichtige Grenze zwischen Dichtung und Wirklichkeit vollkommen ausradiert worden. Ich weiß nicht, ob ich mich in einer erdichteten Geschichte oder in der real existierenden Welt befinde. Adirondacks? Ich schaue mich in Eriks grobschlächtig eingerichtetem Wohnzimmer um, mit jeder Menge Jagdtrophäen an den Wänden, Bärenfellen auf dem Boden, den schnarchenden zotteligen Hunden und dem tanzenden Raster aus Licht und Schatten, das das Kaminfeuer über alles wirft. Ich habe das Gefühl, in einem schlechten Film festzusitzen – ob im Parkett oder auf der Leinwand, kann ich nicht sagen. Entschlossen trinke ich von meinem Bier und peile den entscheidenden Punkt an.

»Eigentlich interessiert es mich nicht, wie es sich mit Brahms und Lindström verhält«, erkläre ich. »Ich muss nur in einem Punkt Klarheit bekommen: Warst du derjenige, der Bertil Albertsson getötet hat?«

Erik Wassman zeigt wieder ein schiefes Lächeln. »Es ist inzwischen so viel Zeit vergangen, dass ich mich kaum noch daran erinnern kann.

Aber ich würde es doch wohl behaupten.«

»Du willst es wohl behaupten?«

»Ja.«

»Und Edmund hat die Mordwaffe gefunden und sie vergraben?«

»Ungefähr so war es, ja. Ich begreife nicht, warum du das immer wieder auf den Tisch bringst. Das ist jetzt fast fünfzig Jahre her. Hast du sonst noch etwas auf dem Herzen, ich habe noch andere Dinge zu erledigen.«

Ich verlasse ihn. Verbringe eine unruhige Nacht im »Skunk II« mit dem Geräusch von unbekannten Tatzen an den Wänden, und am folgenden Tag fahre ich im Dauerregen nach New York City zurück. Das dauert acht Stunden, und die ganze Zeit, während ich im Auto sitze, das Lenkrad umklammre und versuche, die Welt hinter der nassen Windschutzscheibe zu erkennen, geht mir ein Zitat nicht aus dem Kopf. Ich selbst habe es früher einmal geschrieben, aber vermutlich habe ich es von jemand anderem gestohlen.

Vertraue niemals einem Schriftsteller.

Es ist ein nutzloser Rat. Wenn wir nicht einmal

mehr den Schriftstellern vertrauen können, wem dann? Ich war nicht derjenige, der Bertil Albertsson getötet hat, und Edmund Wester oder sonst wer auch nicht.

Es war Erik Wassman.

Zumindest im Buch.